비밀의 새를 찾아라

테마 과학 동화 10

비밀의 새를 찾아라

1판 1쇄 펴냄—2004년 10월 25일, 1판 4쇄 펴냄—2005년 4월 12일
글쓴이 레베카 카미 그린이 존 스피어 옮긴이 김미영
펴낸이 박상희 펴낸곳 (주)비룡소 출판등록 1994. 3. 17.(제16-849호)
주소 135-887 서울시 강남구 신사동 506 강남출판문화센터 4층
전화 영업(통신판매) 515-2000(내선 1) 팩스 515-2007 편집 3443-4318~9 홈페이지 www.bir.co.kr

값 6,500원

ISBN 89-491-5148-0 74400 ISBN 89-491-3056-4(세트)

신기한 스쿨 버스
테마 과학 동화 10

비밀의 내를 찾아라

레베카 카미 글 · 존 스피어 그림 / 김미영 옮김

비룡소

소개합니다

내 이름은 도로시입니다. 나는 프리즐 선생님 반의 학생이에요.

혹시 여러분은 프리즐 선생님에 대해서 들어 본 적이 있나요? 프리즐 선생님은 정말 좋은 분이에요. 조금은 이상하기도 하지만요. 선생님은 과학을 아주 좋아할 뿐만 아니라 정말 많은 것을 알고 있답니다!

우리는 선생님과 함께 신기한 스쿨 버스를 타고 많은 견학을 했어요. 신기한 스쿨 버스는 말 그대로 정말 신기한 버스랍니다. 일단 버스에 올라타면 그 다음에는 무슨 일이 일어날지 아무도 몰라요.

프리즐 선생님은 우리를 깜짝 놀라게 하는 걸 아주 좋아합니다. 하지만 우리는 선생님이 무슨 수업을 준비했는지 선생님의 옷만 보고도 알 수 있어요.

어느 날 선생님은 온갖 동물들이 그려진 옷을 입고 나타났습니다. 마치 사파리에 가는 것 같았어요. 캥거루와 다른 동물들이 잔뜩 그려진 카키색 옷에다, 튼튼한 등산화를 신고 챙이 넓은 모자를 쓰고 있었죠. 선생님의 옷을 본 우리는 이번 수업도 굉장할 거라는 예감이 들었어요.

제 1 장

"드디어 1월 마지막 주가 되었어! 내일부터 휴일이야!"

아널드가 벽에 걸린 달력을 보며 외쳤습니다. 아널드 말대로 마침내 즐거운 휴일이 시작되었습니다.

"휴일이 되었으니 이제 실컷 놀 수 있겠네!"

나도 소리쳤습니다.

"그래! 나는 항상 이날만을 기다려 왔다고!"

아널드는 무척 신이 난 듯했습니다.

그때 프리즐 선생님이 교실에 나타나 큰 소리로 외쳤습니다.

"여러분, 안녕! 우리는 이제부터 오스트레일리아로 즐거운 견학을 떠날 거예요!"

"오, 안 돼."

아널드가 선생님의 옷차림을 보며 중얼거렸습니다.

"도로시, 너는 왜 웃고 있어?"

피비가 내게 물었습니다.

오스트레일리아라는 말에 나는 무척 즐거워져서 반 친구들에게 얼마 전에 읽은 오스트레일리아 안내서를 소개해 주었습니다.

"얼마 전에 오스트레일리아 야생 동식물에 대한 책을 읽은 적이 있거든."

나는 과학을 무척 좋아한답니다. 나는 이번에 열리는 과학 경진 대회에서 우리 반 대표로 야생 동식물에 대해 발표를 할 거예요. 지난번 과학 경진 대회에서 받은 메달과 수첩은 주머니 속에 항상 가지고 다니지요.

나는 말했습니다.

"오스트레일리아에는 정말 신기한 야생 동식물이 많이 있어."

"도로시 말이 맞아요. 도로시, 그럼 오스트레일리아에는 왜 야생 동식물이 많은지 친구들에게 설명해 주겠니?"

프리즐 선생님이 말했습니다.

"오스트레일리아는 다른 대륙과 완전히 떨어져 있기 때문이에요. 그래서 오스트레일리아에 사는 동식물은 다른 곳과는 다른 특이한 생물 종으로 진화했어요."

나는 자랑스럽게 대답했습니다.

"오스트레일리아는 매우 특별한 곳이란 말이구나."

프리즐 선생님이 말했습니다.

"딩고, 왈라비, 웜뱃에 대하여 들어 본 적 있나요?"

홀로 떨어진 대륙, 오스트레일리아

—— 도로시

오스트레일리아에는 다른 대륙에 살지 않는 야생 동식물이 여러 종 있습니다. 아주 먼 옛날 오스트레일리아와 아시아는 서로 연결되어 있었습니다. 하지만 약 3000만 년 전에 두 대륙은 분리되었습니다. 그 이후로 오스트레일리아의 생태계는 다른 대륙의 생태계와 접촉하지 못했습니다. 오스트레일리아는 대륙 전체가 한 나라로 이루어진 유일한 곳입니다.

프리즐 선생님이 물었습니다.

손을 든 사람은 나 혼자뿐이었습니다.

"왈라비에 대해서는 들어 본 적 있어요. 왈라비는 몸집이 작은 캥거루예요."

"주머니개미핥기, 바늘두더지, 쿠카부라 등은 들어 보았나요?"

"쿠카부라라는 새에 대해서 들어 본 적이 있어요. 하지만 어떻게 생겼는지는 잘 몰라요."

피비가 큰 소리로 대답했습니다.

"저도 쿠카부라라는 이름은 들어 봤어요. 그런데 쿠카부라가 어떤 새인가요?"

아널드가 물었습니다.

나도 쿠카부라에 대해서는 잘 몰랐습니다. 난 오스트레일리아 안내서를 펼쳐 쿠카부라에 대해 찾아보았습니다. 하지만 그 안내서에 쿠카부라에 대한 내용은 없었습니다.

"저도 그 이름은 들어 본 적 있어요. 쿠카부라에 관한 노래도 있지 않나요?"

내가 오스트레일리아 안내서를 보고 있는 사이에 랠프가 말했습니다.

"랠프 말이 맞아요. 그럼 우리 모두 오스트레일리아의 날을 기념하는 뜻에서 쿠카부라 노래를 불러 봅시다!"

프리즐 선생님이 말했습니다.

"그런데 오스트레일리아의 날이 뭐예요?"

팀이 물었습니다.

피비가 나를 바라보기에 나는 어깨를 으쓱해 보였습니다.

"오스트레일리아의 날은 오스트레일리아에 처음 이주민들이 도착한 날을 기념하는 것이에요. 오스트레일리아 사람들은 매년 1월 26일을 오스트레일리아의 날로 정하고 경축한답니다. 오늘이 바로 그날이에요. 자, 그러면 함께 쿠카부라 노래를 불러 봅시다!"

프리즐 선생님이 말했습니다.

쿠카부라가 늙은 유칼리나무에 앉았네.

쿠카부라는 숲의 즐거운 왕이라네.

웃어라, 웃어라, 쿠카부라야.

너의 생은 찬란히 빛날 것이네.

우리는 함께 돌아가며 노래를 불렀습니다. 노래를 좋아하는 피비는 무척 즐거워 보였습니다. 하지만 아널드는

매우 침울해 보였습니다. 아널드는 노래를 좋아하지 않았
거든요. 거기다 프리즐 선생님의 사파리 옷차림이 아널드
를 걱정스럽게 했습니다.

"프리즐 선생님, 그런데 쿠카부라 소리는 마치 기괴한
웃음 소리 같다고 하던데 정말 그런가요?"

팀이 물었습니다.

프리즐 선생님은 가방에서 녹음기를 꺼냈습니다.

"직접 쿠카부라 소리를 들어 보세요."

선생님이 녹음기 버튼을 누르자, 갑자기 교실 전체에 킬

킬거리며 웃는 듯한 소리가 가득 찼습니다.

"우아! 이건 틀림없이 오스트레일리아 괴물일 거야!"

아널드가 외쳤습니다.

"커다란 도마뱀이 웃는 소리 같아요!"

랠프가 말했습니다.

리즈는 기분이 나쁜 듯 보였습니다.

"유령 소리 같아."

키샤가 말했습니다.

"아마도 쿠카부라는 무척 괴상한 동물일 거야."

피비가 나를 보며 중얼거렸습니다.

"그런데 왜 오스트레일리아 안내서에는 쿠카부라에 관한 내용이 없을까요?"

난 프리즐 선생님께 물었습니다.

"도로시, 네 책을 잠시 봐도 되겠니?"

프리즐 선생님은 나와 함께 오스트레일리아 안내서를 자세히 찾아보았습니다.

"아마도 그 부분을 잃어버린 것 같은데."

나는 프리즐 선생님이 가리키는 부분을 들여다보았습니다. 그리고 프리즐 선생님의 말처럼 책장 하나가 떨어져 나간 걸 발견했습니다. 나는 곰곰이 생각해 보았습니다. 사라진 책장은 어디로 갔고, 그 책장에 있을지 모를 쿠카부라는 과연 어떤 새일까요?

그때 완다가 프리즐 선생님에게 물었습니다.

"유칼리나무는 어떤 나무인가요?"

"유칼리나무 역시 아래쪽 대륙에 있는 신기한 생물 중 하나예요."

프리즐 선생님이 말했습니다.

"아래쪽 대륙이요?"

아널드가 물었습니다.

프리즐 선생님은 지구본을 들어 아래쪽에 있는 큰 섬을 가리켰습니다.

"이곳이 오스트레일리아예요. 사람들은 남반구에 위치한 이 대륙을 아래쪽 대륙이라 불러요."

"어휴, 정말 멀리 있네요. 정말 이렇게 멀리까지 견학을

가나요?"

아널드는 불안한 듯 말했습니다.

"그래, 아널드. 정말 먼 곳이지? 하지만 새로운 것을 배우러 가기에는 그렇게 멀지 않단다. 이제 그곳에 가서 쿠

카부라가 어떤 새인지 알아보자. 여러분, 모두 버스를 타세요!"

프리즐 선생님은 쿠카부라 노래를 흥얼거리며 즐겁게 교실을 나섰습니다. 나는 오스트레일리아 안내서와 오스트레일리아 어 사전을 가방에 넣고 따라나섰습니다. 사실 프리즐 선생님과 함께 떠나는 견학에서는 무엇이 필요할지 아무도 예상할 수 없어요. 어쩌면 쿠카부라에 대해 설명해 주는 사전이 필요할지도 모르죠.

제 2 장

우리는 재빨리 신기한 스쿨 버스에 올라탄 다음 안전띠를 맸습니다. 그러자 갑자기 큰 굉음이 울리며 신기한 스쿨 버스는 신기한 버스 제트기가 되었습니다.

"제트기를 타고 떠나는 건 정말 신나요!"

피비가 커다란 엔진 소리보다 더 크게 외쳤습니다.

우리는 버스 제트기가 하늘을 가로질러 가는 동안 쿠카부라 노래를 연습하였습니다. 프리즐 선생님은 우리에게 과자를 나눠 주고, 오스트레일리아에 사는 어떤 꼬마의 모험담을 들려주었습니다. 잠시 후 리즈가 우리에게 담요와 베개를 나눠 주었고, 우리는 모두 낮잠에 깊이 빠져 들었습니다.

우리가 깨어났을 때 창 너머로 드넓은 푸른 바다가 어렴풋이 보였습니다.

"여러분, 창밖을 보세요. 누가 오스트레일리아를 한번

찾아보겠어요?"

프리즐 선생님이 말했습니다.

저 멀리 흐릿하게 육지가 보였습니다.

"저기야! 바로 저기!"

나는 소리쳤습니다. 그때 버스 제트기가 아래로 내려가는 것을 느꼈습니다.

"자, 곧 착륙할 테니 모두 자리에 바로 앉으세요."

프리즐 선생님이 말했습니다.

나는 착륙하는 동안 창밖을 살펴보았습니다. 우리는 오스트레일리아 본토를 지나서 더 아래쪽에 있는 자그마한 섬으로 가고 있었습니다.

버스 제트기가 착륙하자, 긴 머리에 키가 큰 여자 한 명이 버스 제트기에 올랐습니다.

"태즈메이니아에 오신 것을 환영합니다!"

여자가 우리를 보고 싱긋 웃으며 말했습니다.

"티키! 이렇게 마중 나와 줘서 고마워! 여러분, 여기는 내 친구 티키 홈이에요. 우리의 오스트레일리아 견학을 안내

해 줄 거예요."

프리즐 선생님이 말했습니다. 프리즐 선생님 친구라면 틀림없이 멋진 분일 것 같았습니다.

"티키는 여기 태즈메이니아에 살아요. 그래서 우리가 첫 번째로 이곳에 온 거예요. 티키는 우리가 쿠카부라를 찾을 수 있도록 도와줄 거예요. 티키에게는 동물들을 대하는 매우 특별한 방식이 있답니다."

우리는 서로를 바라보았습니다. 프리즐 선생님이 매우 특별하다는 표현을 쓴다면 그건 정말 흥미진진한 일일 테니까요. 우리는 모두 눈을 또랑또랑하게 뜨고 티키를 보았습니다.

"쿠카부라가 태즈메이니아에도 있나요?"

완다가 물었습니다.

"쿠카부라를 여기서도 때때로 볼 수 있지만 대부분은 오스트레일리아 본토에 살고 있어요. 하지만 이곳에도 다른 신기한 동물들이 많답니다. 자, 그럼 지금부터 여러분에게 그 동물들을 하나씩 소개해 줄게요."

프리즐 선생님이 단추를 누르자, 신기한 버스 제트기는

순식간에 신기한 버스 지프가 되었습니다. 우리는 풀이 무성한 길을 따라 출발했습니다.

"여러분, 좌석 아래에 있는 탐험 배낭을 꺼내세요. 이제 곧 신기한 광경을 보게 될 거예요!"

프리즐 선생님이 말했습니다.

배낭 안에는 쌍안경, 카메라 그리고 휴대 식량으로 물병, 건포도, 땅콩, 크래커, 치즈 등이 있었습니다.

그리 멀리 가지 않아 프리즐 선생님이 버스 지프를 세우자 티키가 훌쩍 뛰어내렸습니다. 티키는 길을 따라 재빨리 뛰어 내려갔어요. 우리는 티키 뒤를 따라 우르르 몰려갔습니다. 티키는 평평한 바위 앞에서 멈춰 섰습니다. 그리고 바위 위에 있는 네모진 갈색 덩어리를 가리키며 물었습니다.

"자, 이것이 무엇인지 아는 사람 있나요?"

"갈색 덩어리요? 그게 뭔가요?"

카를로스가 고개를 갸우뚱하며 되물었습니다.

티키가 말했습니다.

"이것은 웜뱃 똥이에요"

우리는 모두 웜뱃 똥을 보았습니다.

"이 똥은 웜뱃이 영역을 표시하는 방식이에요. 웜뱃은 똥을 네모지게 만들어 평평한 바위 위에서 떨어지지 않게 해요. 분명 웜뱃이 그리 멀지 않은 곳에 있을 거예요."

티키는 초원으로 씩씩하게 걸어갔습니다. 우리도 재빨리 따라갔어요. 곧 티키는 모래에 난 발자국을 찾았습니다.

"웜뱃이 근처에 있어요."

티키가 속삭였습니다.

잠시 후 티키는 몸집이 크고 털이 복슬복슬한 새끼 곰 같은 동물을 잡아서 들어 올렸습니다. 그 동물은 낮잠을 자고 있던 듯 우리를 보고 졸린 눈을 깜박였습니다.

"이 동물이 바로 웜뱃이에요. 웜뱃은 낮에는 보통 활동하지 않아요. 이 수컷은 굴속에서 자고 있었어요."

티키가 설명하는 동안 몇 명이 사진을 찍었습니다.

"너무 귀여워요."

피비가 말했습니다.

아널드는 티키 뒤에서 웜뱃을 자세히 들여다보았습니다. 리즈도 웜뱃을 더 가까이에서 살펴보려고 프리즐 선

생님 등 뒤에서 나왔습니다. 나는 열심히 사진을 찍었습니다.

"웜뱃은 귀엽고 온순한 동물이에요. 웜뱃은 풀만 먹고 살아요. 웜뱃은 눈으로는 사물을 거의 볼 수 없어요. 그 대신 예민한 귀와 코를 갖고 있지요. 웜뱃 등에 난 털은 매우 억세서 조심해야 해요. 이 털은 웜뱃이 동굴에서 자고 있을 때 포식자들에게서 자신을 보호하는 수단이에요. 만약 다른 동물이 굴속으로 들어와 웜뱃에게 달려든다면, 웜뱃은 침입자를 굴 밖으로 밀쳐 버린답니다. 자, 웜뱃 이빨을 보세요."

티키는 웜뱃 입을 벌렸습니다.

"웜뱃 이빨은 계속 자라기 때문에 언제든 굴을 팔 수 있어요."

티키는 눈을 깜박이는 웜뱃을 내려놓았습니다.

"이제 웜뱃은 다시 잠을 잘 거예요. 우리는 버스 지프로 돌아갑시다."

우리는 모두 버스 지프로 돌아왔습니다.

"웜뱃은 유대류예요. 유대류가 다른 포유류와 다른 점은

굴을 파는 웜뱃

— 피비

털이 많은 웜뱃은 굴을 파기에 적합한 몸 구조를 가진 동물입니다. 웜뱃은 자신이 잠잘 굴을 파야 합니다. 웜뱃이 파 놓은 굴 중에는 길이가 18미터나 되는 것도 있습니다. 그런 기다란 굴을 파기 위해서, 웜뱃의 짧고 단단한 앞다리에는 튼튼한 갈고리 모양 발톱이 나 있습니다.

웜뱃은 밤에 일어나 먹이를 찾아서 굴 밖으로 나옵니다. 웜뱃은 소처럼 풀만 먹는데, 위 속에 있는 특수한 박테리아가 소화를 돕습니다.

웜뱃이 풀을 소화하기 위해서는 밤마다 3시간에서 8시간 정도 풀을 씹어야 합니다.

새끼가 엄마 뱃속이 아니라 몸 밖에 달린 주머니에서 성장

을 한다는 거예요."

지프가 출발하자 프리즐 선생님이 설명해 주었습니다.

갑자기 티키가 소리쳤습니다.

"멈추세요!"

프리즐 선생님의 공책

주머니를 가진 포유류인 유대류

유대류는 다른 포유류처럼 몸에 털이 나 스스로 체온을 유지하는 정온 동물입니다. 다른 점이 하나 있다면, 유대류는 미처 다 자라지 않은 새끼를 낳습니다.

갓 태어난 작고 털이 없는 새끼는 어미 배에 달린 주머니로 기어 들어갑니다. 일단 주머니에 들어가면 새끼는 젖꼭지에 달라붙어 젖을 먹기 시작합니다.

새끼는 주머니 밖으로 나올 수 있을 만큼 자란 뒤에도, 주머니 속으로 들어가 자고 먹으며 위험을 피하기도 합니다.

프리즐 선생님은 얼른 브레이크를 밟았습니다. 티키는 다시 버스 지프에서 뛰어내렸습니다. 그리고 숲 속으로

유대류는 얼마나 많은 종이 있을까요?

— 아널드

유대류는 260여 종 이상이 있습니다. 그중 대부분은 오스트레일리아, 뉴기니, 태즈메이니아 등에서 삽니다. 미국에 사는 유일한 유대류는 주머니쥐입니다.
가장 큰 유대류는 캥거루고, 가장 작은 유대류는 주먹만 한 쥐입니다.

뛰어갔어요. 숲 속에서 몇 분 동안 티키가 분주하게 움직이는 소리가 들렸습니다. 잠시 후 티키는 지저분해 보이는 동물을 안고 돌아왔습니다. 그 동물은 족제비와 개의 중간 정도 되어 보였습니다. 털은 대부분 검은색이었지만 목 아래에는 흰색 털이 나 있었습니다. 군데군데 털이 빠진 부분도 있었고요. 나는 멀찍이 떨어져 그 동물을 관찰했습니다.

"이 녀석은 무척 재미있는 동물이에요."

티키는 이빨을 드러내고 몸부림치는 그 동물을 바라보며 미소 지었습니다. 우리는 모두 뒤로 물러섰습니다. 나는 그 이빨이 너무 무서웠어요.

"이 동물은 태즈메이니아데빌이라 불려요. 태즈메이니아데빌은 사나운 괴성을 질러 대기 때문에 악마라는 뜻의 데빌이란 이름이 붙게 되었어요. 태즈메이니아데빌은 원래 오스트레일리아 전역에 살았지만, 지금은 여기에만 있어요."

    태즈메이니아데빌은 티키를 삼켜 버릴 듯 악을 썼지만,
티키는 그 동물이 마치 새끼 고양이인 양 쓰다듬고 있었습
니다. 티키가 태즈메이니아데빌을 피비에게 내밀자, 피비
는 재빨리 뒷걸음질하여 긴장한 아널드 곁으로 도망갔습
니다. 태즈메이니아데빌은 내가 본 동물 중 가장 사나워
보였습니다.
    "태즈메이니아데빌은 무엇을 먹나요?"
    내가 물었습니다. 나는 태즈메이니아데빌이 아이들을
먹지 않기를 바랐어요.

오스트레일리아 안내서
유익한 동물, 태즈메이니아데빌

왜 사람들은 이 동물을 악마라는 뜻의 데빌이라고 부를까요? 그건 태즈메이니아데빌이 검은 개처럼 생긴 데다, 으스스한 괴성을 지르며 무척이나 사납기 때문입니다.

태즈메이니아데빌은 사나운 사냥꾼으로 알려져 있습니다. 태즈메이니아데빌 소리는 무리 중에서 누가 우두머리인지 알려 줍니다.

태즈메이니아데빌은 사나운 사냥꾼처럼 생겼지만 실제로는 유익한 동물입니다. 태즈메이니아데빌은 죽은 동물을 먹어 치움으로써 주위 환경을 깨끗하게 청소합니다. 태즈메이니아데빌은 단단한 턱과 이빨로 먹이의 뼈, 껍질 등과 같은 모든 부분을 씹어 먹을 수 있답니다.

"으음, 도로시는 실은 별로 알고 싶지 않나 보네."

티키는 웃음을 지으며 대답했습니다.

"태즈메이니아데빌은 죽은 동물을 먹어요. 이들은 죽은 동물을 발견하면 무서운 괴성을 지르며 서로 싸워요. 그래서 이 작고 귀여운 녀석의 털이 군데군데 빠진 거죠."

"태즈메이니아데빌은 너무 무서운 동물 같아요. 다른 동물을 죽이지는 않나요?"

아널드가 긴장한 채 물었습니다.

"태즈메이니아데빌은 가끔 작은 동물을 물어 죽이기도 해요. 하지만 죽은 동물을 더 좋아합니다. 고기가 오래되고 많이 썩을수록 더 좋아해요."

우리는 모두 헛구역질을 하였습니다.

"태즈메이니아데빌이 쥐나 죽은 동물을 먹어 치우기 때문에 요즘은 농부들이 태즈메이니아데빌을 그냥 놓아두어요. 이 동물들에게는 반가운 일이지요."

"전에는 사람들이 태즈메이니아데빌을 사냥했나요?"

완다가 물었습니다.

"그래요. 이전에 사람들은 태즈메이니아데빌을 위험한

동물이라 생각했어요. 사람뿐만 아니라 태즈메이니아주머니늑대도 이 동물을 사냥하곤 했어요."

티키가 슬픈 표정으로 대답했습니다.

"왜 이제는 태즈메이니아주머니늑대가 이들을 사냥하지 않나요?"

완다가 물었습니다.

"불행하게도 태즈메이니아주머니늑대는 멸종된 것으로 알려져 있어요. 사람들이 농장 가축을 보호하기 위해 태즈메이니아주머니늑대를 사냥하였답니다. 하지만 혹시라도 줄무늬가 있는 개처럼 생긴 동물을 발견하면 반드시 나에게 알려 주세요!"

표정이 밝아진 티키는 태즈메이니아데빌을 내려놓았습니다. 그러자 갑자기 태즈메이니아데빌이 빙글빙글 돌며 이상한 춤을 추기 시작했습니다. 근처 바위에서 태즈메이니아데빌을 신기한 듯 바라보던 리즈가 뛰어나왔습니다.

"와! 지금 무얼 하는 건가요? 어떻게 이런 식으로 돌 수 있죠?"

난 티키에게 물었습니다.

오스트레일리아 안내서

멸종된 태즈메이니아주머니늑대

태즈메이니아주머니늑대는 몸에 짙은 갈색 줄무늬가 있습니다. 이 동물은 묵직하고 뻣뻣한 꼬리와 큰 머리를 가진 커다란 개처럼 생겼습니다.

태즈메이니아주머니늑대는 전혀 사납지 않습니다. 이 동물은 겁이 많고 예민하여 사람들을 피해 다닙니다. 그런 면에서 비슷한 종인 태즈메이니아데빌과 대비됩니다.

유럽에서 온 이주민들은 태즈메이니아주머니늑대를 마구잡이로 사냥하여 정착한 지 100년 만에 멸종시켰습니다. 마지막 태즈메이니아주머니늑대는 1936년 9월 7일에 한 동물원에서 죽었습니다. 때때로 사람들이 태즈메이니아주머니늑대를 보았다는 얘기도 있지만, 공식적으로 보고된 적은 없었습니다.

"태즈메이니아데빌이 우리를 겁주려는 거예요. 매우 **빠**르게 방향을 바꾸기 때문에 마치 빙글빙글 도는 것처럼 보이지요. 애니메이션의 원리와 같아요."

티키가 우리를 향해 윙크했습니다.

태즈메이니아데빌은 도는 것을 멈추자 덤불 속으로 허둥지둥 달아났습니다. 우리도 버스 지프로 돌아왔습니다.

"태즈메이니아데빌도 역시 유대류인가요?"

내가 물었습니다.

"아주 훌륭한 질문이에요! 새끼 태즈메이니아데빌은 쌀알만 한 크기로 태어나서 가능한 빨리 어미의 주머니 속으로 기어 들어갑니다. 먼저 태어난 새끼 네 마리만이 어미 젖꼭지를 차지하고, 스스로 살아갈 수 있을 때까지 주머니 속에 머무르지요."

바로 그때 우리는 귀에 익은 소리를 들었습니다. 너무도 반가운 소리였어요. 피비가 펄쩍 뛰어올랐습니다.

"쿠카부라 소리군요! 이제 곧 쿠카부라를 직접 볼 수 있겠네요!"

프리즐 선생님이 외쳤습니다.

"저 소리는 오스트레일리아 본토를 향해 날아가는 것처럼 들리는군요. 바로 우리가 가야 할 곳이에요."

티키가 말했습니다.

"서둘러 쿠카부라를 따라 갑시다!"

프리즐 선생님이 외쳤습니다.

제 3 장

우리는 버스 지프를 타고 태즈메이니아 바닷가로 갔습니다. 신기한 버스 지프는 물에 닿는 순간 신기한 버스 보트로 바뀌었습니다.

티키는 지프가 보트로 변해도 놀라지 않고 활짝 웃으며 즐거워했습니다. 나는 티키와 프리즐 선생님이 왜 친구인지 알 것 같았습니다.

"닻을 내려요!"

티키가 갑자기 외쳤습니다. 그리고 옷을 입은 채 물 속에 뛰어들었습니다.

우리는 티키가 무엇을 하는지 보려고 뱃전으로 몰려갔습니다. 티키는 오랫동안 물 속에 머물러 있었습니다. 우리는 걱정이 되기 시작했어요.

"프리즐 선생님, 어떡하지요?"

아널드가 걱정스럽게 말하는 순간, 티키가 물 위로 튀어

올라왔어요. 티키 머리 위에는 우리가 여태껏 본 것 중 가장 이상하게 생긴 동물이 있었습니다. 털로 뒤덮인 머리에 검고 아름다운 눈을 가진 동물이었습니다.

"밧줄을 던져 주세요."

티키가 외쳤습니다.

카를로스는 밧줄을 찾아 티키에게 던졌습니다. 잠시 후 티키는 떨고 있는 그 동물을 안고 보트로 올라왔습니다. 가까이서 보니 그 동물은 더욱 신기했습니다. 물갈퀴가 달린 지느러미 같은 발과 납작한 꼬리를 갖고 있었어요. 마치 여러 동물들이 섞여 있는 듯했습니다.

"이주민들이 처음 이 동물을 발견하였을 때, 농담 삼아 몸의 각 부분이 서로 꿰매어 만들어진 것 같다고 한 이야기가 전해져요."

티키가 웃으며 말했습니다.

"하지만 그것은 사실이기도 해요. 이 동물은 수영을 하고 알도 낳으며, 게다가 우리와 같은 포유류에 속합니다. 바로 오리너구리예요."

티키는 무척 즐거워 보였습니다.

"우리가 이 동물을 찾은 건 행운이에요. 오리너구리는 겁이 매우 많거든요."

"와! 정말 귀여워요!"

내가 말했습니다.

"이 오리너구리는 수컷이에요. 뒷다리에 있는 가시가 보이죠?"

그녀는 뒷다리의 볼록 튀어나온 부위를 가리켰습니다.

"여기에는 독이 가득 차 있어요."

우리는 모두 질겁하였습니다. 나는 티키가 해를 입지 않

을까 걱정이 됐지만 티키는 계속 그 동물을 꼭 껴안고 있었습니다.

"오리너구리는 유일하게 오스트레일리아에만 있어요. 알을 낳는 포유류 두 종 중의 하나예요."

"다른 하나는 무엇인가요?"

완다가 물었습니다.

"제가 알기에 다른 하나는 바늘두더지예요."

나는 자랑스럽게 말했습니다.

"도로시 말이 맞아요."

기묘한 동물, 오리너구리

— 완다

　오리너구리는 아마도 세계에서 가장 기묘한 동물 중 하나일 것입니다.

　오리너구리는 이상한 생김새를 가졌지만 포유류에 속합니다. 어미는 젖이 나오지만 다른 포유류와 같은 젖꼭지는 없습니다. 어미 젖은 피부 샘에서 분비되며 새끼는 그것을 핥아먹습니다.

　오리너구리는 항상 물 속에서 생활하고 부리 끝에 있는 콧구멍으로 숨을 쉽니다. 이들은 밤이 되면 먹이를 찾아다니며, 단지 하룻밤 동안 자신의 몸무게만큼의 먹이를 먹을 수 있습니다.

　오리너구리는 보기에는 귀엽지만 무척 위험합니다. 오리너구리 수컷은 뒷다리에 독이 든 가시가 있는데, 그 독은 개를 죽일 정도며 사람에게도 큰 고통을 줄 수 있습니다.

40

티키가 말했습니다.

"만일 우리가 오스트레일리아에서 바늘두더지를 발견한다면 정말 행운일 거예요. 그럼 이제 오리너구리를 물 속으로 돌려보내서 헤엄치는 모습을 관찰해 봐요."

티키는 오리너구리를 천천히 물 속에 놓아주었고 우리는 그 동물이 헤엄치는 모습을 지켜보았습니다.

"그럼, 여러분 이제 출발합시다!"

티키가 외치자 우리는 칙칙폭폭 기차 소리를 내며 신나게 출발했습니다.

"와, 오리너구리는 정말 신기하네요."

아널드가 말했습니다. 아널드는 헤엄치는 오리너구리를 카메라로 계속 찍었습니다.

"오스트레일리아는 정말 신비한 곳이구나!"

카를로스가 말했습니다.

오리너구리가 사라질 즈음, 막 출발하려는 버스 보트에서 티키가 다시 뛰어내렸습니다.

"여기를 보세요, 여기요!"

티키가 물가에 서서 소리를 질렀습니다. 티키는 손에 무엇을 쥐고 있었습니다.

티키는 버스 보트로 올라와 손에 든 작은 개구리를 우리에게 보여 주었습니다.

"우리가 사는 데도 개구리는 있잖아요."

랠프가 말했습니다.

"하지만 이건 그와 다른 개구리예요."

티키가 대답했습니다.

"이 개구리는 뱃속에서 새끼를 키워요. 어미 뱃속에서 올챙이가 부화하지요. 이 시기에 어미는 먹지도 않고 새끼가 부화할 때까지 8주 동안 위액 분비를 멈춰요. 그리고 부화한 올챙이들은 어미 입을 통해 밖으로 나와요."

티키는 사진을 찍고 있는 카를로스에게 개구리를 내밀었습니다. 그런 다음 몸을 숙여 개구리를 다시 물 속으로 돌려보냈습니다.

"오스트레일리아 본토에는 또 다른 신기한 동물들이 많이 있어요! 바로 저기예요!"

프리즐 선생님이 외쳤습니다.

프리즐 선생님이 가리킨 곳을 보니, 저 멀리에 오스트레

일리아 본토의 바위로 이루어진 바닷가가 보였습니다. 순
간순간이 정말 신나는 견학이었어요!

제 4 장

티키가 옷을 말리기도 전에, 신기한 버스 보트는 바다를 건너 육지에 도착하여 다시 신기한 버스 지프로 변했어요.

"자, 우리는 지금 오스트레일리아 본토에 왔어요."

티키가 말했습니다.

"지금부터 우리는 오스트레일리아 본토의 여러 신기한 동물들을 보러 갈 거예요. 그래서 휴식 시간은 따로 갖지 않을 거예요. 대신 본토를 탐험하면서 여러분에게 신기한 동물들의 사진을 많이 찍게 해 줄게요."

프리즐 선생님은 숲 속으로 통하는 좁은 길로 들어섰습니다. 그곳에서는 독특한 향기가 났어요.

"여기에 있는 나무는 유칼립투스예요."

티키가 설명하며 숨을 깊이 들이마셨습니다.

"쿠카부라 노래에서 나오는 유칼리나무가 바로 유칼립투스예요."

기침을 없애 주는 나무

—팀

    유칼립투스 잎은 폐를 맑게 하고 콧물을 없애 주는 성분의 기름을 가지고 있습니다. 이것이 유칼리유가 기침약 등 많은 약을 만드는 데 사용되는 이유입니다.
    유칼립투스는 오스트레일리아와 같은 건조한 기후에서 잘 자랍니다.

프리즐 선생님이 미소를 지으며 말했습니다.

"신난다! 그럼 드디어 쿠카부라를 찾고 집으로 돌아가는 거네요!"

기뻐하던 아널드는 위를 쳐다보고는 깜짝 놀라 소리를 질렀습니다.

"저 동물은 뭐예요?"

아널드가 물었습니다.

"자, 모두 카메라를 준비해요."

티키가 말했습니다. 우리는 아널드가 가리키는 곳을 바라보았습니다. 놀랍게도 그곳엔 다람쥐처럼 생긴 작은 동물이 날고 있었습니다. 저게 쿠카부라일까? 나는 급히 사진을 찍었습니다.

"저게 도대체 뭐죠?"

피비가 물었습니다.

"저건 유대하늘다람쥐예요."

티키가 대답했습니다. 비록 쿠카부라가 아니어서 조금 실망했지만 유대하늘다람쥐는 정말로 근사했습니다.

"저 작은 동물은 어떻게 날아다니나요?"

키샤가 물었습니다.

"유대하늘다람쥐는 활공을 해요. 저 동물의 다리와 몸 사이에는, 날개 역할을 하는 망토같이 생긴 얇은 피부막이 있어요. 그것을 이용하여 공기를 타고 연처럼 미끄러지듯 천천히 떨어지는 거예요. 유대하늘다람쥐는 약 90미터까지나 활공할 수 있어 거의 나는 듯이 보여요."

47

"유대하늘다람쥐는 무엇을 주로 먹나요?"

피비가 물었습니다.

"유대하늘다람쥐는 꿀이나 나무 수액 같은 달콤한 것을 먹어요. 유대하늘다람쥐 역시 유대류예요."

오스트레일리아 안내서

달콤한 것을 좋아하는 유대하늘다람쥐

유대하늘다람쥐는 다리와 몸 사이에 있는 얇고 느슨한 피부막을 펼쳐 부드럽게 활공합니다. 종종 50미터가 넘는 거리를 활공해 이동합니다. 유대하늘다람쥐는 땅에서는 거의 생활하지 않습니다.

문득 나는 옆으로 스쳐 지나가는 나무들이 무척이나 거대해진 것을 느꼈습니다.

"와, 이 나무들은 키가 정말 커요!"

"이건 카리 나무라고 해요. 사람들은 이 나무를 베어 목재로 사용하지요. 카리 나무는 아주 단단하고 내구성이 좋은 목재예요. 하지만 최근에는 이 나무를 보호하고 있어요."

티키가 설명했습니다.

"여태껏 본 것 중 가장 큰 나무 같아요."

카를로스가 말했습니다.

"이 나무는 캘리포니아에 있는 미국삼나무만큼 높이 자라요."

프리즐 선생님이 덧붙였습니다.

"우리는 오스트레일리아의 숲을 훼손하지 않도록 해야 해요. 숲은 본토 전체에서 5퍼센트에 불과하지만 수많은 동물들의 보금자리기 때문이에요."

나는 그 동물들 중에 쿠카부라도 있기를 바랐습니다. 그래서 어디선가 쿠카부라의 기괴한 소리가 들리지 않을까 귀를 곤두세우고 있었습니다.

"저기를 봐! 어미 코알라가 새끼를 품에 안고 있어!"

키샤가 소리치며 가리키는 곳으로 우리는 향했습니다.
프리즐 선생님이 버스 지프의 속도를 늦추어 우리는 천천
히 그 아름다운 광경을 볼 수 있었습니다.

티키가 활짝 웃었습니다.

"맞아요. 코알라 가족이네요. 이 곳에 사는 동물 대부분
처럼 코알라도 유대류예요. 코알라는 웜뱃의 사촌이에요.
코알라는 아름다운 털을 가지고 있어 안아 보고 싶어진답
니다."

"우리가 쓰다듬어 봐도 될까요?"

아널드가 조심스럽게 물었습니다.

"그러지 않는 편이 좋아요. 코알라는 온순해 보이지만 실제로는 사람에게 우호적이지 않아요. 이들은 하루 종일 나무에서 나뭇잎만 먹고 지낸답니다."

티키가 대답하는 중에, 프리즐 선생님이 버스 지프를 세웠습니다. 우리는 카메라를 들고 내렸습니다.

"이곳은 탐험하기 멋진 장소 같군요. 주위를 잘 살펴서 많은 동물들을 찾아보세요."

티키가 말했습니다.

"쿠카부라도 보게 될까요?"

랠프가 흥분한 듯 물었습니다.

프리즐 선생님의 공책

코알라 이야기

코알라는 곰과는 전혀 다른 유대류입니다. 코알라란 이름은 원주민 말로 물을 마시지 않는다는 뜻입니다. 코알라는 필요한 수분을 그들이 먹는 유칼립투스 나뭇잎에서 얻습니다. 코알라는 유칼립투스 나뭇잎의 독성을 소화시킬 수 있는 동물 중 하나입니다. 코알라는 창자가 길어서 그 잎을 소화시키기에 충분한 시간을 가질 수 있습니다.

"쿠카부라가 어디서 나타날지는 알 수 없어요."

티키가 대답했습니다. 바로 그때 어디선가 기괴한 소리
가 들렸습니다.

"쿠카부라예요!"

키샤가 소리쳤습니다.

"맞는 것 같군요! 자, 그럼 쿠카부라를 찾으러 갑시다!"

티키가 외쳤습니다.

"왠지 쿠카부라를 찾을 수 있을 것 같은데."

완다가 중얼거렸습니다.

제 5 장

　우리는 저만치 앞서 가는 티키를 따라 숲으로 들어갔습니다. 티키는 나무뿌리나 바위, 가시덤불을 가볍게 넘어서 갔습니다. 티키는 개간지 같은 곳에 이르자 걸음을 멈추고 우리를 돌아봤습니다. 우리는 모두 숨이 가빠서 티키가 멈춘 게 무척 기뻤습니다.

　"여러분은 야생 생태계가 직면한 가장 큰 문제 중 하나가 무엇인지 알고 있나요?"

　티키가 우리를 둘러보았습니다. 하지만 아무도 대답하지 못했습니다.

　"그건 바로 유럽에서 온 이주민들이 함께 데려온 동물들이에요. 이 동물들은 토착종이 아니라서 오스트레일리아의 환경에 적합하지 않아요. 토끼, 여우, 염소, 돼지, 고양이, 개 등과 같은, 여러분이 살고 있는 곳에 흔한 동물들이 그것이에요. 사람들이 이 동물들을 여기 데려왔을 때, 이들은 야생으로 도망쳐 토착종이 사는 생태계에 심각한 문제를 일으켰어요. 토착종의 먹이를 먹어 치우고, 일부는 토착종을 해치고 잡아먹기도 했어요. 그래서 몇몇 오스트레일리아 동물원들은 토착종을 보호하며 길러서 이런 동물들이 없는 곳으로 돌려보내는 시도를 하고 있지요. 이 장소도 그런 곳 중 하나예요."

나는 주의를 둘러보았습니다. 겉으로 보기에는 우리가 지나온 곳들과 별 차이가 없어 보였어요.

"여러분, 카메라를 준비하세요. 우리는 이제부터 흥미로운 동물들을 볼 거예요."

티키가 말했습니다. 티키는 땅에 쓰러진 속이 빈 통나무 곁에 가 한쪽 끝을 집어 들었습니다. 그리고 통나무를 부드럽게 흔들었어요. 그러자 그 속에서 긴 코와 털이 많은 꼬리를 가진 졸린 표정의 동물이 미끄러져 나왔습니다.

우리는 티키가 어떻게 통나무 속에 동물이 있는 걸 알았는지 무척 신기했습니다.

"이건 주머니개미핥기예요. 이 동물은 개미를 먹는데 주로 흰개미를 먹어요. 주머니개미핥기는 희귀하기 때문에

여러분이 이 동물을 본 건 행운이에요."

우리는 얼른 사진을 찍었습니다. 티키는 졸린 듯한 주머니개미핥기를 다시 통나무 속으로 살며시 넣어 주었습니다.

"좀 더 가면서 주위를 잘 살펴봐요."

티키가 말했습니다.

"여기는 안전한 곳이니까 안심해도 돼요."

티키는 우리의 안전에 대해 무척 신경을 썼어요. 하지만 나는 주위를 살펴보며 동물들을 찾는 일이 정말 신났습니다.

나는 쿠카부라를 찾을 수 있기를 정말 바랐습니다. 각자 속이 빈 통나무나 바위 밑을 들추어 보고 있을 때, 갑자기 완다의 외침이 들렸습니다. 우리는 완다가 서 있는 바위 곁으로 달려갔습니다.

티키는 그 바위 밑에서 어떤 동물을 꺼냈습니다.

"여러분은 이제껏 이런 동물을 본 적이 없을 거예요."

티키는 우리 앞에 그 동물을 내려놓았습니다. 생김새는 호저처럼 보였습니다. 그 동물은 우리를 쳐다보고는 몸을 동그랗게 말아 가시투성이의 큰 공처럼 변했습니다. 나는 티키가 상처 하나 입지 않고 그 가시투성이 동물을 잡은 것이 믿기지 않았습니다. 티키는 틀림없이 동물을 대하는 남다른 방법이 있는 것 같았습니다.

"바늘두더지네요!"

피비가 내 오스트레일리아 안내서를 보더니 자랑스럽게 외쳤습니다.

"맞아요!"

티키가 말했습니다.

티키는 동그랗게 말린 바늘두더지를 살펴보았습니다.

"여러분에게 상처를 입히지는 않을 거예요."
티키는 즐겁게 말했습니다.

"바늘두더지는 자신을 보호하려는 거예요. 이 동물은 오
스트레일리아 곳곳에 살고 있어요. 이것을 봐요."

오스트레일리아 안내서
가시가 있는 개미 포식자

호저처럼 생긴 바늘두더지는 개미를 먹습니다. 이 동물은 몸에 난 짧은 털로 체온을 유지하며 길고 날카로운 가시로 자신을 보호합니다.

바늘두더지는 오로지 개미만 먹는데 주로 흰개미를 잡아먹습니다. 이 동물은 긴 코끝에 곤충 신경계의 전기 신호를 감지할 수 있는 감각 세포를 가지고 있습니다. 때문에 개미집을 쉽게 찾아낼 수 있습니다.

바늘두더지는 개미집을 강한 갈고리 발톱으로 파헤친 뒤 끈적끈적한 혀로 개미를 잡아먹습니다.

티키는 막대기를 집어 바늘두더지를 살며시 찔렀습니다. 그러자 그 동물은 날카로운 가시 몇 개만 남기고 다시 땅속으로 들어갔습니다.

"아무도 저녁 식사로 이런 가시 덩어리를 먹지는 않을 거예요. 바늘두더지는 매우 길고 끈적끈적한 혀로 흰개미를 먹어요. 이 동물 역시 유대류예요. 새끼 바늘두더지는 어미 몸에 난 가시 때문에 주머니로 안전하게 기어오르기가 무척 어렵지만, 용케 성공한답니다."

"여러분, 그럼 이제 버스 지프로 돌아가 어두워지기 전에 캠프를 설치합시다."

티키는 우리를 이끌고 버스 지프로 향했습니다.

"잠깐만요! 쿠카부라는 어디 있는 거죠? 정말 보고 싶어요!"

랠프가 말했습니다.

"쿠카부라는 어딘가로 날아가 버린 것 같아요. 하지만 걱정하지 말아요. 쿠카부라는 돌아올 거예요. 자, 이제 빨리 갑시다."

티키가 대답했습니다. 우리는 프리즐 선생님을 바라보

았습니다.

"그래요. 쿠카부라는 틀림없이 어딘가에 있을 거예요."

프리즐 선생님이 말했습니다.

"그럼 우리는 이제부터 캠프를 설치해야 해요. 저 멀리 옥같이 푸른 지평선과 별이 반짝이는 밤하늘이 펼쳐진 이 드넓은 오스트레일리아에 말이에요!"

프리즐 선생님이 큰 소리로 외쳤습니다.

우리는 프리즐 선생님과 티키를 따라 나무 사이로 걸어 갔습니다.

"캠프? 오, 안 돼. 난 벌레들이 귀찮게 구는 야영은 싫은데."

갑자기 아널드가 중얼거렸습니다.

"우리가 가는 곳은 건조한 데다 벌레도 거의 없으니 괜찮아요."

티키가 말했습니다.

아널드는 안도의 한숨을 쉬었습니다.

"아마 뱀은 있을지도 모르겠네."

티키가 장난기 어린 웃음을 지으며 말했습니다. 아널드

는 인상을 찌푸렸습니다.

"여러분, 이리로 와 신기한 버스 헬리콥터를 타세요. 어두워지기 전에 서둘러 가야 해요!"

제 6 장

막 해가 질 무렵에 버스 헬리콥터는 착륙했습니다. 우리는 밖으로 우르르 몰려 나갔습니다.

"자, 그럼 캠프를 설치합시다!"

프리즐 선생님이 외쳤습니다.

우리가 돌아보니, 버스 헬리콥터는 어느새 버스 방갈로가 되어 있었습니다. 나는 하늘을 쳐다보았습니다. 하늘은 푸른색과 오렌지색으로 아름답게 물들어 있었습니다.

"모두 와서 식사해요!"

프리즐 선생님이 우리를 불렀습니다. 프리즐 선생님은 가방에서 피자 빵, 토마토, 치즈, 크래커, 오스트레일리아 초콜릿, 마시멜로 등을 꺼냈습니다. 오스트레일리아 만찬이었어요. 프리즐 선생님은 정말 최고였습니다.

우리는 버스 방갈로 옆에 모여 피자를 만들었습니다. 잘게 썬 토마토와 치즈를 얹은 피자를 피워 놓은 모닥불 위에 올렸습니다.

아널드는 원래 이번 견학에 오기 싫어했지만, 이제는 정말 즐거워하고 있었습니다.

"여러분, 피자가 정말 맛있어요!"

티키가 피자를 맛본 뒤 말했습니다.

정말 그것은 우리가 먹어 본 피자 중에서 가장 맛있었어요! 피자를 먹은 후 티키는 모닥불 위에 찻주전자를 올려 물을 끓였고, 우리는 다 함께 오스트레일리아 차를 마셨습니다. 티키는 오스트레일리아 초콜릿을 먹어 보고는 정말

맛있다며 소리를 질렀습니다. 우리는 진짜 오스트레일리
아 사람이 된 것 같았습니다.

　캠프파이어가 다 끝나자, 프리즐 선생님은 우리에게 캥
거루 잠옷을 나눠 주었습니다. 우리는 모두 잠옷을 입고
침낭 속으로 들어갔습니다. 침낭은 매우 따뜻해서 버스
방갈로가 필요 없을 정도였습니다. 티키는 오스트레일리
아 원주민 악기인 디제리두를 보여 주었습니다. 통나무에
색깔을 칠해 놓은 것처럼 생긴 그 악기는 기묘한 소리를
냈습니다. 하지만 티키는 연주를 하지는 않았습니다. 그

악기가 원주민들에게는 신성한 것이기 때문이었습니다. 우리는 하늘에 떠 있는 수없이 많은 별을 쳐다보았습니다. 나는 이제껏 그렇게 많은 별을 본 적이 없었습니다.

"정말 멋지다!"

아널드가 감탄했습니다.

내가 잠이 살짝 들 무렵, 문득 쿠카부라 소리가 들리는 듯했습니다. 하지만 그건 완다와 키샤의 낄낄거리는 웃음소리였습니다.

다음 날 아침 잠에서 깨자, 저 위로 드넓은 하늘이 펼쳐져 있었습니다. 잠시 후 나는 우리 곁에 누군가 와 있음을 알아차렸습니다. 매우 커다란 캥거루 무리가 우리를 둘러싸고 있었습니다. 나는 깜짝 놀라 펄떡 일어났습니다. 나머지 아이들은 아직 자고 있었지만, 티키와 프리즐 선생님은 벌써 일어나서 나를 보며 미소를 지었습니다.

"모두 일어나요."

프리즐 선생님은 조용히 말했습니다.

"지금 우리 곁에 친구들이 왔어요. 이 광경을 놓친다면 평생 후회할 거예요!"

오스트레일리아 안내서
커다란 발로 뛰어다니는 캥거루

학자들은 캥거루를 매크로파즈라고 부릅니다. 그것은 커다란 발이란 뜻입니다. 캥거루를 관찰해 보면 왜 그런지 알게 됩니다. 만약 캥거루가 신발을 사러 간다면 아마도 따로 주문을 해야 할 것입니다.

캥거루는 69종 이상이 있습니다. 캥거루 외에도 같은 과에 속하는 왈라비, 왈라루, 파데멜론, 나무타기캥거루 등이 있습니다.

아이들은 천천히 눈을 비비며 일어났습니다. 카를로스
와 완다가 처음으로 캥거루를 보았습니다. 둘은 싱긋이
웃었습니다.

"와!"

카를로스가 감탄했습니다.

피비, 키샤, 랠프는 아직 잠이 덜 깬 듯했습니다. 아널드
는 얼른 침낭 속으로 다시 머리를 집어넣었습니다.

티키는 우리에게 침낭 속에서 먹을 수 있도록 버터를 바른 롤빵과 우유를 나눠 주었습니다.

　"참 호화로운 견학이군. 침대 속에서 아침도 다 먹고 말이야."

　티키가 웃으며 말했습니다. 프리즐 선생님은 버스 방갈로에서 무엇인가를 꺼내고 있었습니다. 나는 프리즐 선생님이 무엇을 하려는지 궁금했습니다.

우리는 아침을 먹으며 캥거루를 살펴보았습니다. 캥거루는 30마리 정도 있었는데, 털 색깔은 붉은 갈색에서 회색까지 다양했습니다. 그중 몇몇은 매우 작은 새끼여서, 어미 가까이 달라붙어 있었습니다. 하지만 대부분은 우리보다 몸집이 컸습니다. 유독 매우 커다란 한 마리가 있었는데 키가 농구 선수만 했습니다. 나는 아널드가 다시 침낭 속으로 들어간 이유를 이해할 것 같았습니다. 나도 조금 겁이 났습니다.

"이들은 붉은캥거루예요."

티키가 설명했습니다.

"가장 큰 캥거루 종이지요. 저기에 있는 커다란 캥거루가 우두머리 수컷이에요."

티키는 농구 선수만 한 캥거루를 가리켰습니다.

"그리고 저기 약간 회색빛을 띠는 암컷 세 마리는 임신 중이네요."

티키는 다음으로 큰 캥거루들을 가리켰습니다.

"나머지는 모두 새끼 캥거루예요. 모두 키와 나이가 다르지요."

자세히 살펴보니 암컷 두 마리의 주머니에 새끼 캥거루가 들어 있었습니다.

프리즐 선생님은 방갈로에서 꺼낸 큰 꾸러미를 풀고 있었습니다. 우리는 모두 호기심에 차서 지켜보았습니다. 프리즐 선생님이 꺼낸 것은 바닥에 스프링이 달린 포고 스틱이었습니다.

오스트레일리아 안내서
커다란 발을 가진 붉은캥거루

붉은캥거루는 가장 큰 유대류입니다. 그 무게는 90킬로그램 정도 되며 키는 2미터 정도 됩니다.

붉은캥거루는 오스트레일리아의 낙타입니다. 이들은 녹색 풀을 먹어 수분을 섭취하고, 물은 전혀 마시지 않습니다.

붉은캥거루라고 모두 붉은 것은 아닙니다. 특히 암컷은 푸른빛이 도는 회색 털을 가지고 있기도 합니다.

"여러분, 이제부터 포고 스틱을 타고 캥거루들과 함께 놀아요!"

프리즐 선생님이 외쳤습니다.

프리즐 선생님은 즐겁게 노래하며 포고 스틱 하나를 타고 깡충 뛰기 시작했습니다. 프리즐 선생님은 마치 나는 듯했습니다. 갑자기 캥거루 두 마리가 프리즐 선생님과 나란히 뛰었습니다. 캥거루들은 쉽사리 프리즐 선생님을 따라잡았습니다. 그러자 프리즐 선생님은 뒤쪽으로 방향을 바꿔 뛰었습니다.

"여러분, 어서 포고 스틱을 타요!"

우리는 모두 포고 스틱을 타고 뛰기 시작했습니다. 거의 연습도 하지 않았지만 우리는 모두 포고 스틱을 탈 수 있었습니다. 캥거루들은 신기한 듯 우리를 바라보았습니다. 원래 포고 스틱을 잘 타는 랠프는 최고로 잘 뛰었습니다. 랠프는 우리에게 포고 스틱을 어떻게 타는지 알려 주었습니다.

"자, 이제부터 캥거루들과 함께 뛰놀며 즐거운 아침 운동을 합시다!"

"음, 나는 여기서 그냥 기다리고 싶은데."

아널드가 중얼거렸습니다. 그때 캥거루 두 마리가 아널드 옆으로 뛰어와 아널드를 바라보았습니다.

"알았어, 알았다고. 나도 같이 가요."

아널드는 얼른 포고 스틱을 타고 달아났습니다. 우리는 모두 웃으며 포고 스틱을 타고 아널드를 따라갔습니다.

제 7 장

캥거루들과 함께 뛰노는 건 무척 즐거운 일이었습니다. 해는 아직 떠오르지 않았어요. 나는 점점 숨이 차고 목이 말랐습니다. 캥거루들은 계속 뛰면서 가고 있었는데, 조금도 힘들어 보이지 않았습니다.

"캥거루들은 쉬지 않나요?"

피비가 헐떡거리며 물었습니다.

"캥거루들은 오랫동안 뛸 수 있어요. 깡충깡충 뛰면서 가는 건 달려가는 것보다 힘이 덜 들거든요."

프리즐 선생님이 포고 스틱을 타고 가며 대답했습니다.

"우와, 신기하네요. 그럼 캥거루들은 언제 멈추나요?"

아널드가 물었습니다.

"캥거루들은 곧 멈출 거예요. 이제 아침 식사를 해야 하니까요."

티키가 말했습니다. 과연 조금 후에 커다란 캥거루 수컷이 풀밭 근처에서 멈추었습니다.

우리는 포고 스틱에서 내려와, 늪처럼 보이는 물웅덩이
옆에 풀썩 쓰러져 쉬었습니다.

깡충깡충 뛰는 캥거루

— 도로시

모든 동물 중에서 오직 몇 종만이 깡충깡충 뛸 수 있
습니다. 그리고 그중에서도 캥거루가 제일 잘 뜁니다.
캥거루는 길고 커다란 다리와 발을 사용하여 시속 60킬
로미터까지 속력을 낼 수 있습니다.

캥거루가 천천히 움직이기 위해서는 전혀 다른 형태
로 운동을 해야 합니다. 먼저 작은 앞발과 꼬리로 몸의
균형을 잡은 다음, 뒷다리를 시계추처럼 앞뒤로 흔드는
것입니다.

우리는 캥거루들을 바라보며 물병을 꺼내 물을 마셨습
니다. 작은 새끼 캥거루 두 마리가 어미의 주머니에서 밖
으로 나왔습니다. 캥거루들은 모두 억센 풀을 뜯고 있었
습니다.

"캥거루는 억센 풀도 먹나요?"

랠프가 물었습니다.

"그래요. 캥거루들은 이런 억센 풀을 소화시킬 수 있는 위를 갖고 있어요."

티키가 대답했습니다.

"그런데 저 암컷은 왜 주머니에 새끼가 없나요?"

키샤가 물었습니다.

"아마 갓 태어난 새끼를 가진 걸 거예요."

티키가 대답했습니다.

"갓 태어난 새끼는 겨우 꿀벌만 한 크기예요. 새끼는 충분히 자라 밖으로 나올 수 있을 때까지 주머니 속에 머무르지요."

커다란 캥거루의 갓 태어난 새끼가 그렇게 작다니 상상이 잘 안 됐습니다.

갑자기 어린 캥거루 수컷 하나가 우두머리에게 다가갔습니다. 그리고 둘은 레슬링 선수처럼 앞발을 맞잡은 채 뒤엉켰습니다.

"지금 저 캥거루들이 무엇을 하는 거예요?"

놀란 피비가 비명을 질렀습니다.

"아, 저것은 캥거루 수컷들이 누가 우두머리인지 겨루는 거예요. 하지만 심하게 싸우지는 않을 테니 걱정 안 해도 돼요. 아마 어린 수컷이 쉽게 질 것이니까요. 어린 캥거루 수컷은 연습을 하는 거예요. 정말로 싸움을 할 때는 각자 꼬리로 균형을 잡으면서 강력한 뒷다리를 사용해 싸운답니다."

티키가 설명하는 동안 어린 캥거루 수컷은 어느새 겁을 먹고 달아나 버렸습니다.

그때 갑자기 티키가 웃으며 벌떡 일어나 캥거루에게 다가갔습니다. 티키는 팔을 구부려 캥거루와 장난을 시작했어요. 정말 신기한 광경이었습니다. 캥거루와 레슬링 하듯 장난을 치던 티키는 캥거루의 앞발을 정답게 톡톡 치고는 다시 우리에게 돌아왔습니다. 우리는 얼떨떨한 표정으로 그런 티키를 바라보았습니다.

"앞발을 톡톡 치는 행동은 싸움을 그만하겠다는 의사 표현이에요."

티키는 태연하게 앉아 물을 마셨습니다. 정말 티키 같은

사람은 처음 봤어요!

정말 평화로운 아침이었습니다. 우리는 풀밭에 누워 새끼 캥거루들이 뛰노는 것을 지켜보았습니다. 해가 떠오르고 있었고 하늘은 짙은 푸른색으로 변해 가고 있었습니다. 날씨는 조금씩 더워졌습니다.

나는 기괴한 소리를 내는 쿠카부라는 어떤 새일까 상상하면서 잠시 꾸벅꾸벅 졸았습니다. 그때 어디선가 커다란 동물이 달리는 듯한 소리가 꽝꽝 울렸습니다. 나는 눈을 번쩍 떴습니다. 정말로 땅이 흔들리고 있었습니다!

저편에서 커다란 캥거루 수컷이 뒷다리로 땅을 꽝꽝 차고 있었어요. 마치 천둥소리가 울리는 듯했습니다.

"왜 저러지?"

카를로스가 말했습니다.

갑자기 캥거루들이 달아나기 시작했습니다. 어미 캥거루들은 새끼가 주머니 속으로 들어오기를 기다린 뒤, 다른 캥거루들을 쫓아갔습니다.

"딩고예요!"

티키가 소리쳤습니다.

"여러분, 포고 스틱을 타고 언덕으로 가요!"

나는 언덕을 찾을 수가 없었지만, 포고 스틱을 타고 캥거루들을 쫓아갔습니다. 하지만 캥거루들은 너무 빨라 따라갈 수가 없었습니다. 다행히 나는 혼자가 아니었습니다. 경적 소리가 들리며, 리즈가 운전하는 버스 지프가 우리 곁에 멈춰 섰습니다. 우리는 재빨리 올라탔습니다. 다리가 온통 후들거렸습니다.

"캥거루들을 따라가요!"

프리즐 선생님이 외쳤고, 우리는 저 멀리 앞서 가는 캥거루들을 쫓아갔습니다.

"저기를 봐!"

그때 랠프가 캥거루들 쪽을 가리키며 소리쳤습니다. 캥거루들 사이로 포고 스틱 두 개가 햇빛에 반짝였습니다. 키샤와 아널드가 캥거루들을 따라잡은 것이었어요!

"우리가 저들을 따라잡을 수 있을까요?"

피비가 물었습니다.

"조금 더 빨리 가야겠는걸."

프리즐 선생님이 대답했습니다.

"저기를 보세요!"

갑자기 카를로스가 버스 지프 뒤편을 가리키며 외쳤습니다. 우리는 모두 뒤를 돌아보았습니다. 버스 지프를 따라 큰 딩고 두 마리가 캥거루와 우리를 쫓아오는 것 같았습니다.

"저 동물들이 딩고예요? 개처럼 생겼어요."

랠프가 물었습니다.

"딩고는 야생 개예요. 지금으로부터 약 1만 5000년 전에 어느 아시아 선원이 딩고를 오스트레일리아로 데려왔다고 해요. 딩고는 여러분이 기르는 개와 달리, 사냥을 해서 먹이를 잡습니다. 하지만 걱정하지 마세요. 배고픈 딩고들이 오늘은 사냥을 포기할 듯하네요."

티키가 말했습니다. 정말 딩고들은 속력을 늦추고 있었습니다. 그리고 마침내 획 돌아서 빠른 걸음으로 사라져 버렸습니다.

딩고들이 사라진 후 우리는 다시 캥거루를 찾아보았습니다. 속도가 많이 느려지기는 했지만 캥거루들은 여전히 뛰고 있었습니다. 나는 캥거루들이 얼마나 빨리 뛰었는지

오스트레일리아 안내서
야생 개 딩고

딩고는 오스트레일리아에만 사는 야생 개입니다. 딩고는 보통 혼자서 혹은 짝을 지어서 사냥을 하며 작은 포유류, 파충류, 곤충 등을 먹고 삽니다.

드물기는 하지만 딩고는 양이나 캥거루 같은 큰 동물에게 떼를 지어 공격하기도 합니다.

그리고 그 새끼들이 어미의 주머니 속으로 얼마나 빨리 들어갔는지 떠올려 보았습니다.

"캥거루 새끼들은 자신의 어미를 어떻게 아나요?"

내가 물었습니다.

"어미들은 위험한 상황이 오면 어떤 캥거루 새끼든지 자신의 주머니 속으로 뛰어들게 해요. 더 빨리 움직이고자 그렇게 하는 거예요."

티키가 대답했습니다.

우리는 바위 근처에 모인 캥거루들에게 다가갔습니다. 키샤와 아널드가 숨을 헐떡이며 캥거루들 곁에 누워 있었습니다.

"너희는 괜찮아?"

나는 키샤와 아널드에게 물었습니다. 키샤는 즐거운 듯이 끄덕였고, 아널드는 싱긋 웃었습니다.

"정말 흥미진진했어!"

아널드가 숨을 몰아 쉬며 대답했습니다.

"키샤와 아널드 둘 다 정말 대단했어요!"

티키가 감탄했습니다.

캥거루들은 군데군데 있는 그늘 아래서 쉬고 있었습니다. 캥거루들은 숨을 헐떡이며 앞다리를 핥았습니다.

"캥거루가 왜 앞다리를 핥고 있나요?"

완다가 물었습니다.

"그건 캥거루가 열을 식히는 방식이에요. 숨을 헐떡이면서 다른 포유류처럼 열을 발산하고, 앞다리의 얇은 피부를 젖은 혀로 핥아 냉기를 몸 전체에 고루 퍼지게 하는 거예요."

티키가 대답했습니다.

"아무튼 캥거루들이 안전해서 기뻐요."

키샤가 말했습니다.

캥거루 중 일부는 누워서 잠을 자고 있었습니다.

프리즐 선생님은 아널드를 보고 미소를 지었습니다.

"아널드, 전에도 포고 스틱을 그렇게 잘 탔었니?"

아널드는 잠시 생각하더니 대답했습니다.

"아마도 캥거루들이 너무 걱정돼서 제가 포고 스틱을 잘 탈 줄 모른다는 걸 깜빡했나 봐요."

"하하, 그랬구나."

프리즐 선생님이 웃었습니다. 우리는 모두 지쳐서 바닥에 드러누워 버렸습니다.

제 8 장

신기한 스쿨 버스는 다시 신기한 버스 제트기가 되어 하늘을 향해 날아올랐습니다. 우리는 이른 아침부터 캥거루들과 함께 뛰어 무척 덥고 피곤했습니다. 나는 잠시 동안 의자에 널브러져 있었습니다.

"이제부터 오스트레일리아 본토 위를 날아가면서 여러분에게 멋진 광경을 보여 줄 거예요."

티키가 말했습니다.

"지금 여러분이 창밖을 내다보면 땅 위에 펼쳐진 열대 우림이 보일 거예요. 이 열대 우림은 우리의 가장 소중한 자원 중 하나예요."

"오스트레일리아에는 유칼립투스만 있는 줄 알았어요."

카를로스가 말했습니다.

"오스트레일리아 전체는 서로 다른 생태 지역이 열두 개로 나뉘어요. 물론 그중 열대 우림에는 유칼립투스가 가장 많아요. 이 열대 우림은 세계에서 비교적 작은 편에 속하지만 매우 중요합니다. 캥거루의 사촌 격인 나무타기캥거루는 오직 여기서만 살고 있어요. 열대 우림은 약 25퍼센트 정도만 남고 파괴되었지만, 이제 우리는 그것을 보존해야 해요."

버스 제트기가 굉음을 내며 날아가자 열대 우림은 차츰 멀어졌습니다.

"우리는 이제 열대 초원 위를 날고 있어요."

티키가 말했습니다.

"프리즐 선생님, 바닷가에 잠시 내려 주시겠어요? 나는 곧 다른 사람들을 안내해 주기 위해 가야 하거든요. 그래서 마지막으로 여러분에게 신기한 동물을 하나 보여 주고 싶어요."

그 동물이 쿠카부라일까? 나는 그러길 바랐습니다.

우리는 버스 제트기에서 내려 주위를 살펴보았습니다. 모래 위에는 이제껏 본 것 중 가장 큰 동물이 있었습니다. 그 동물은 우리 네 명을 합친 것보다 더 길었고 두꺼운 가죽으로 덮여 있었습니다. 만약 이 동물이 쿠카부라라면

나는 별로 가까이 가서 보고 싶지 않았어요.

"이 녀석이 깨어나길 원치 않는다면 조용히 해야 해요."

티키가 그 동물의 등에 살며시 기대며 말했습니다. 그러자 그 동물이 머리를 들어 올렸습니다. 그제야 우리는 그것이 크로커다일임을 알았습니다. 크로커다일은 졸린 듯 눈을 껌뻑였습니다. 크로커다일이 날카로운 이빨이 번뜩이는 입을 벌리자 티키는 싱긋이 웃었습니다. 크로커다일 입은 티키를 통째로 삼킬 만큼 컸습니다.

"자, 이제 모두 버스 제트기로 돌아갑시다."

프리즐 선생님이 약간 긴장한 듯 말했습니다. 우리 모두

가능한 빨리 버스 제트기로 돌아가고 싶었습니다.

"그럼 이제 바다로 갈까요?"

티키가 말했습니다.

바다라는 말에 우리 모두 기대에 차서 프리즐 선생님을
바라보았습니다.

"그래요. 이제 우리 모두 바다로 가서 오스트레일리아
견학을 멋지게 마무리해요! 오스트레일리아의 바다는 세
계에서 가장 멋진 곳 중 하나니까요. 다행히도 나는 수영
복을 가져왔답니다."

프리즐 선생님은 캥거루가 그려진 수영복을 들어 올렸

습니다.

사람을 잡아먹는 크로커다일

— 카를로스

　크로커다일은 세계에서 가장 큰 파충류로, 몸길이가 6미터나 됩니다. 바닷가와 강에서 살며 물고기, 거북, 새 등 다른 동물들을 잡아먹습니다.

　사람을 잡아먹는다는 악명을 지닌, 오스트레일리아의 크로커다일은 기록에 따르면 12명을 잡아먹었다고 합니다. 이들은 크로커다일에게 너무 가까이 다가갔기 때문입니다. 만약 여러분이 오스트레일리아에 간다면 크로커다일로부터 충분히 멀리 떨어져 있어야 합니다.

"여러분 가방에도 모두 수영복이 들어 있을 거예요."

프리즐 선생님은 항상 모든 준비를 하지요.

원래대로 돌아온 신기한 스쿨 버스를 타고 바닷가를 따라 가던 중 티키가 프리즐 선생님에게 멈춰달라고 했습니다. 우리는 모두 버스에서 내려 바닷가를 거닐었습니다. 그때 갑자기 티키가 기묘한 소리를 내기 시작했습니다. 그러자 물개와 비슷하게 생긴 덩치 큰 동물이 바다에서 나타났습니다.

"어떻게 하신 거예요?"

아널드가 물었습니다.

"그건 비밀이에요."

티키가 프리즐 선생님에게 윙크하며 말했습니다.

"저 동물은 듀공이라고 해요. 고래나 돌고래처럼 바다에서 일생을 보내는 포유류예요. 오스트레일리아 북쪽 바닷가에는 세계에서 가장 넓은 듀공의 서식지가 있답니다."

우리는 모래 위에서 퍼덕이며 움직이는 듀공을 바라보았습니다. 그 동물은 편평하고 기묘하게 생긴 얼굴을 갖고 있었습니다.

오스트레일리아에 인어가 있다고?

—— 키샤

오래 전에 사람들은 오스트레일리아에 인어가 있다고 생각하였습니다. 하지만 그것은 바로 듀공이었습니다.

듀공처럼 덩치 큰 동물이 어떻게 인어처럼 보였을까요? 우선 듀공은 매우 우아하게 헤엄을 쳐서 물 속에서는 아름답게 보입니다. 다음으로 어미 듀공은 마치 사람이 아기를 안은 것처럼 새끼를 품고 다닙니다. 마지막으로 듀공은 사람들처럼 그들의 짝이 죽으면 애도를 합니다.

듀공은 조심성이 많은 초식 동물이며 자신들만의 소리로 의사소통을 하는데, 그 소리는 마치 새가 지저귀는 것처럼 들립니다.

"듀공의 머리 꼭대기에 있는 구멍은 무엇인가요?"

팀이 물었습니다.

"그건 듀공의 콧구멍이에요. 듀공은 또한 물 위에서 숨을 쉬기 쉽도록 둥글게 감아올릴 수 있는 입술도 갖고 있답니다."

티키는 듀공을 토닥거려 주었습니다.

"여러분, 이제 돌아갑시다."

듀공은 물을 튀기며 바다로 돌아갔습니다.

갑자기 티키가 손을 뻗어 모래 속에서 무엇을 잡아챘습니다.

"이걸 보세요!"

티키는 깃발을 흔드는 아이처럼 싱긋 웃으며 뱀을 흔들고 있었습니다.

"와! 이것은 독을 가진 바다뱀이에요. 나도 정말 오랜만에 보는군요."

우리는 바다뱀이 무서워서 긴장한 채 서 있었습니다.

"바다뱀은 강력한 독을 가지고 있지요."

우리는 걱정스럽게 프리즐 선생님을 바라보았습니다.

프리즐 선생님은 환하게 웃었습니다.

"티키, 고마워요. 오늘 우리는 정말 운이 좋군요!"

티키도 활짝 웃었습니다.

"자, 이제 갑시다."

티키는 우리의 걱정스러운 얼굴을 보고는 바다뱀을 놓아주었습니다. 바다뱀은 바다로 미끄러져 갔습니다. 바다뱀이 사라지자 우리는 서둘러 버스로 돌아왔습니다. 나는 티키와 프리즐 선생님이 친척이 아닐까 궁금해졌습니다.

우리는 멋진 장소를 찾아서 바닷가를 따라 버스를 타고 갔습니다.

"잠깐만요. 여기서 나는 내릴게요."

티키가 말했습니다.

티키가 간다는 말에 난 무척 슬퍼졌습니다. 티키는 우리에게 너무도 많은 걸 알려주었어요. 비록 쿠카부라를 보지는 못했지만, 나는 티키에게 고마운 마음을 표현하고자 선물을 주고 싶었습니다. 갑자기 나는 주머니 속에 있는 과학 경진 대회 메달이 생각났습니다.

"티키, 고마워요. 티키 덕분에 우리는 정말 멋진 견학을 했어요. 이건 제 선물이에요."

"도로시, 정말 고마워요! 이건 여태껏 내가 받은 선물 중
최고인걸!"

티키는 메달을 자신의 셔츠에 달았습니다.

"티키, 안녕! 정말 고마워요!"

우리 모두 소리 높여 외쳤습니다.

"여러분, 곧 다시 만나요!"

티키는 저 멀리서 자신을 기다리고 있는 또 다른 버스를
향해 떠났습니다.

"잠깐만요!"

아널드가 소리쳤습니다.

"쿠카부라는 어떡하지요?"

"걱정하지 말아요! 여러분은 쿠카부라를 쉽게 알아볼 수 있어요! 곧 쿠카부라를 만날 수 있을 거예요!"

티키가 새로운 버스에 올라타며 외쳤습니다.

"언제요?"

랠프가 물었습니다.

하지만 티키가 탄 버스가 출발하여 티키는 손을 흔들며 멀어져 갔습니다.

어쩌면 쿠카부라는 결국 상상이었을지도 몰라요. 아마 오스트레일리아 안내서에서 없어진 책장은 다른 동물에 대한 내용이었는지도 모르니까요.

우리는 바닷가를 걸었습니다. 날은 아주 덥고 길게 느껴졌지만 눈앞에 펼쳐진 바다는 정말 환상적이었습니다. 우리는 무서운 독이 있는 바다뱀이나 사람을 잡아먹는 크로커다일에 대한 두려움도 잊었습니다. 그리고 쿠카부라에 대해서도 잊어버렸습니다.

제 9 장

"이제 모두 버스로 돌아가요!"

프리즐 선생님이 우리를 불렀습니다. 모두 버스에 올라 탔는데 아널드가 보이지 않았습니다.

"아널드가 저기 있어요!"

카를로스가 외쳤습니다. 창밖을 내다보니 아널드가 게를 잡으려 모래를 파고 있었습니다.

"아널드, 너 오스트레일리아에 반했구나? 하지만 이제 돌아갈 시간이야!"

카를로스가 말했습니다.

아널드는 웃으며 버스에 뛰어 올라왔습니다. 해가 지고 있었어요. 프리즐 선생님은 버스를 출발시켰습니다. 그런 데 그때 어디선가 갑자기 기괴한 소리가 들렸습니다.

그 소리는 또 다른 소리와 섞였고, 뒤이어 주위에 온통 기괴한 소리가 울려 퍼졌습니다. 그 소리는 근처에서 들려

오는 것 같았습니다. 우리는 창밖을 살펴보았지만 아무것
도 보이지 않았습니다. 소리는 온 사방에 가득 찼습니다.

갑자기 프리즐 선생님이 외쳤습니다.

"위를 봐요! 드디어 쿠카부라를 찾았어요!"

고개를 들어 보니 아름다운 쿠카부라들이 우리 가까이
날아왔습니다. 쿠카부라는 하얀색 배와 조금은 우스꽝스

럽게 큰 머리를 갖고 있었습니다. 나는 이렇게 아름다운 새가 그런 기괴한 소리를 낸다는 게 상상이 되지 않았습니다. 나는 카메라를 꺼내려고 가방을 뒤지다가 오스트레일리아 안내서의 찢어진 책장을 찾아냈습니다.

"쿠카부라들이 우리를 안내해 주는군요! 여러분, 다 함께 쿠카부라 노래를 불러 봐요!"

오스트레일리아 안내서
쿠카부라

쿠카부라는 기괴한 소리를 내는 걸로 유명합니다. 이 동물은 영역을 표시하기 위하여 그런 소리를 냅니다. 쿠카부라는 작고 통통한 몸과 큰 머리를 갖고 있습니다. 쿠카부라 눈 위에는 검은 줄무늬가 있습니다. 태즈메이니아와 오스트레일리아 동쪽에 살며 곤충, 쥐, 도마뱀 등을 잡아먹습니다.

우리는 쿠카부라 노래를 부르며 신기한 버스 제트기를 타고 날아올라 집으로 향했습니다.

교실에 돌아온 우리는 과학 경진 대회를 위해 오스트레일리아 야생 동식물에 관한 보고서를 준비하며 즐거운 시간을 보냈습니다. 우리는 오스트레일리아에서 모래와 유칼립투스 나뭇가지를 가져왔습니다. 그것에서 나는 향기는 우리가 다녀온 신나는 견학을 떠올리게 했습니다.

우리는 벽에다 오스트레일리아 지도를 걸고서 우리가 지나온 길을 따라가 보았습니다. 그리고 우리가 멈췄던 지점에다 거기에서 봤던 야생 동식물 사진을 붙여 놓았습니다. 그 아래에는 오스트레일리아 안내서에 나온 내용을 적어 놓았습니다. 또 찻주전자로 캠프파이어 모형도 만들었고, 키샤는 심사원들이 우리 교실에서 심사하는 동안 쿠카부라 소리 테이프를 틀어 놓았습니다. 우리는 심사원들에게 오스트레일리아 초콜릿과 오스트레일리아 견학에 관하여 함께 작성한 보고서를 주었습니다. 우리 모두는 캥거루 잠옷을 입고서 오스트레일리아 사투리로 말했습니다.

카를로스는 종이로 큰 쿠카부라 모형을 만들었습니다. 우리는 그 쿠카부라 모형을 교실 중앙에 매달았습니다.

우리는 모두 최선을 다했습니다. 나는 지난번 과학 경진 대회에서 받은 메달을 티키에게 주었기 때문에, 그것을 대신할 새 메달을 받고자 더욱 노력했습니다. 그럼 결과는 어떻게 되었을까요? 프리즐 선생님은 농담 삼아 우리가

심사원들에게 준 초콜릿 때문이었다고 하지만, 우리는 당당히 과학 경진 대회에서 우승하였습니다. 그리고 나는 새 과학 경진 대회 메달을 받았습니다. 하지만 물론 진짜 상은 결코 잊지 못할 오스트레일리아 견학이었습니다.

오스트레일리아

태즈메이니아

답을 맞혀 보세요

1. 몸집이 작은 캥거루를 뭐라고 부를까요?

2. 태즈메이니아에 사는 개구리는 어디로 새끼를 낳을
까요?

3. 오리 부리와 비버 꼬리를 가진 이 동물은 물고기처럼 헤엄을 쳐요. 이 동물은 무엇일까요?

4. 캥거루는 어디에 속할까요?

글쓴이 레베카 카미는 「신기한 스쿨 버스 테마 과학 동화」 시리즈 등 어린이 과학책에 글을 썼다.

그린이 존 스피어는 「신기한 스쿨 버스 테마 과학 동화」 시리즈 외에 『디라의 비밀』 등 에 그림을 그렸다.

옮긴이 김미영은 현재 동작고등학교 교사로 재직하고 있다. 한국교원대학교에서 석사 과정을 졸업하고 서울대학교 과학교육과 박사 과정을 이수하였다.

신기한 스쿨 버스
테마 과학 동화